DIARIOSSAURO
PEGUE-ME SE PUDER

Ciranda Cultural

Dados Internacionais de Catalogação na Publicação (CIP) de acordo com ISBD

O818d	Osbourne, Philip.
	Diariossauro - Pegue-me se puder / Philip Osbourne ; traduzido por Paula Pedro de Scheemaker ; ilustrado por Philip Osbourne. - Jandira, SP : Ciranda Cultural, 2024.
	128 p. : il.; 13,20cm x 20,00cm. - (Diariossauro).
	ISBN: 978-65-261-1225-0
	1. Literatura infantojuvenil. 2. Dinossauro. 3. Pré-história. 4. Aventura. 5. Imaginação. 6. Diário. I. Scheemaker, Paula Pedro de. II. Título.
2023-1772	CDD 028.5 CDU 82-93

Elaborado por Lucio Feitosa - CRB-8/8803

Índice para catálogo sistemático:
1. Literatura infantojuvenil 028.5
2. Literatura infantojuvenil 82-93

© 2024 Philip Osbourne
Texto: Philip Osbourne
Publicado em acordo com Plume Studio

© 2024 desta edição
Ciranda Cultural Editora e Distribuidora ltda.
Tradução: Paula Pedro de Sheemaker
Preparação: Paloma Blanca Alves Barbieri
Diagramação: Linea Editora
Revisão: Fernanda R. Braga Simon

1ª Edição em 2024
www.cirandacultural.com.br
Todos os direitos reservados.

PHILIP OSBOURNE

DIARIOSSAURO
PEGUE-ME SE PUDER

CAPÍTULO UM

O buraco na camada de ozônio!

Querido diário,

Meu nome é Martin e tenho doze anos. Eu estava indo almoçar na casa da minha avó em Long Island, quando me distraí e entrei num ônibus mágico, que me levou para Jurássika. Tenho certeza de que ela deve estar surtando com meu looooongo atraso. Pobre vovó!

A AVÓ DE MARTIN

TALVEZ EU ESTEJA ENGANADO SOBRE AS AVÓS.

PEGUE-ME SE PUDER

Eu rapidamente me tornei o líder na cidade de Jurássika. Mostrei toda a minha inteligência, conquistando, assim, corações e mentes dos dinossauros locais.

SABE O QUE CAIRIA BEM EM SUA CABEÇA? UM TIJOLO! A NATUREZA NEM SEMPRE É PERFEITA, MAS, DESTA VEZ, ELA SE ENGANOU FEIO COM VOCÊ!

Todos já devem ter percebido que sou um líder. Afinal, tenho carisma para dar e vender e, acima de tudo, meu cérebro é extraordinário. Quase salvei, por duas vezes, o mundo dos dinossauros.

ADORO CRÍTICAS CONSTRUTIVAS...

CAPÍTULO UM

Sem mim, este lugar de bárbaros teria sido destruído... Ou quase, pelo menos. Cada um dos habitantes daqui é grato a mim por isso.

É POSSÍVEL QUE EU ESTEJA EXAGERANDO... TALVEZ ALGUÉM, OU QUASE TODOS, PENSE QUE SOU LOUCO!

Quem nunca se enganou?
Sem querer, dei um tremendo susto neles. Mas foram só dois pequenos enganos. Apenas previ que o congelamento e os meteoritos provocariam a extinção de todos os dinossauros. Leonardo da Vinci ou Albert Einstein podem ter se equivocado em algum momento também.
Quem sabe quando Leonardo pintou a Mona Lisa queria, na verdade, pintar um urso? Quem pode garantir se o que pensamos ser uma obra-prima não seria na realidade um enorme equívoco?

CAPÍTULO UM

No entanto, o passado pouco importa, pois ele nada mais é do que uma ponte rumo a algum lugar da história. É preciso se concentrar no presente. Além disso, agora eu sei como os dinossauros serão extintos: por causa dos piores males já produzidos pelo mundo: os valentões!

Valentões são piores do que meteoritos, do que a era do gelo ou do que qualquer outra calamidade da natureza.

PEGUE-ME SE PUDER

Juntos, são como um rio repleto de piranhas ou como uma faca sem cabo. Mas, sozinhos, são tão inúteis quanto fósforos usados.

ELES SE DIZEM FORTES. MAS NA REALIDADE SÃO FRACOS!

Os três valentões mais odiados da minha escola chegaram a Jurássika e se juntaram ao pior valentão da pré-história. Isso já era de se esperar, pois sujeitos malvados são covardes que precisam de outros covardes. E agora eles decidiram unir suas forças e maldades. Os valentões construíram uma enorme indústria graças a uma tecnologia do presente...

A fumaça negra não para de sair das chaminés da gigantesca fábrica e está alcançando o céu, que parece menos celeste e mais cinzento. Dias atrás, uma chuva ácida caiu perto da fábrica, mas eles nem se preocuparam com isso.

A PRIMEI
LEI DO
VALENTÃ
NEGAR

EVIDÊNCI

CAPÍTULO UM

A PRIMEIRA LEI DO VALENTÃO: NEGAR A EVIDÊNCIA!

PEGUE-ME SE PUDER

Vai negar a evidência como? Dizendo que todo peixe normal tem três olhos? Uma indústria não é suficiente para os valentões... Eles querem abrir milhares delas ao redor do mundo. Com isso, criarão um buraco gigante na camada de ozônio, e o mundo jurássico será extinto.

Quem deterá esse plano maluco e diabólico dos valentões? A indústria está enriquecendo esses seres cruéis, e, para os sinistros, o dinheiro é muito mais importante do que a natureza. Na fábrica, estão sendo produzidos sacos de plástico imensos, que são necessários a todos... Ou pelo menos o mundo acha que precisa deles.

Atualmente, as sacolas de plástico estão na moda em Jurássika. Os T-rexes se divertem enchendo-as com água para depois jogá-las no mar.

ELES SERÃO EXTINTOS!

CAPÍTULO UM

Os sinistros me assustam. É que eles não sabem nada sobre consciência ambiental. Preciso explicar a todos o que significa respeito à natureza. Se continuarem a poluir o mundo, os habitantes de Jurássika não vão sobreviver às mudanças climáticas.

HOJE FALAREMOS DE CONSCIÊNCIA AMBIENTAL. NÃO PRECISAMOS DE PLÁSTICO PARA NADA...

PEGUE-ME SE PUDER

Fico muito bravo quando vejo um Reptossauro usando pratos de plástico para comer seus vegetais. Sei que não deveria perder a paciência com nenhum de meus alunos, mas, poxa, ele é carnívoro e não precisa de prato para comer. Se todos aqui comerem em pratos que não são ecológicos, não haverá lugar para jogarmos fora todo o plástico usado.

— Martin, sou um Reptossauro evoluído e, como os demais dinossauros, quero usar um prato de plástico por dia.

— Você é um Reptossauro que desconhece as consequências do desperdício e da poluição.

É ENGRAÇADO QUE TODOS QUEIRAM MUDAR O MUNDO, MAS NINGUÉM QUER MUDAR O PRÓPRIO COMPORTAMENTO.

CAPÍTULO UM

Se os sinistros abrirem mais FÁBRICAS,

serei incapaz de salvar o mundo. Espero que os dinossauros entendam isso. Enquanto eu penso em um plano para conscientizá-los sobre os riscos que estão correndo por causa das fábricas, Waldo entra na sala de aula afobado. De onde será que ele veio? Eu ainda não o tinha visto hoje. Próximo da minha mesa, eu percebo sua respiração ofegante e pergunto:
— Onde você estava? Parece assustado com esses olhos arregalados!

VOCÊ ESTÁ CURIOSO PARA SABER O QUE ASSUSTOU MEU AMIGO WALDO? PARA DESCOBRIR, BASTA VIRAR A PÁGINA!

PEGUE-ME SE PUDER

UM WALDO PREOCUPADO!

MARTIN, TEMOS UM PROBLEMÃO DE NOVO!!! OS SINISTROS TROUXERAM AJUDA DE SEU MUNDO PARA ABRIR NOVAS FÁBRICAS!

WALDO!!

 # UN ↑ ALLARMAT ↑

CAPÍTULO UM

— Martin — Waldo começa a me contar, transpirando como um maratonista —, estamos com problemas! Os sinistros pediram a ajuda de "forasteiros" para abrir novas fábricas!

Eu já esperava por isso, pois imaginei que o Senhor Não, Mike, Eva e Adam buscariam reforços lá no presente.

OS SINISTROS AGEM COMO EXECUTIVOS, CONTRATANDO PESSOAS MÁS... BEM MÁS.

Covardes sempre se juntam a outros covardes para demostrar força. Estou curioso para ouvir o que mais Waldo tem a dizer.

— O nome do homem que veio do seu presente é Ponald. Dizem que é um sujeito esquisito, além de irritante, e que ele já falou com todos os sinistros.

PEGUE-ME SE PUDER

Fico todo arrepiado quando Waldo menciona o nome Ponald. Eu o conheço muito bem... Todos pensam que ele é um homem generoso, uma boa pessoa; porém, ele só quer produzir muito plástico para ficar absurdamente rico.

Ponald sabe como falar palavras bonitas... Para ele, a poluição ajuda o ambiente.

Estamos enrascados!

CAPÍTULO UM

Preciso de tempo para encontrar uma solução que possa deter Ponald, o Senhor Não e todos os sinistros que almejam destruir o mundo. Eles enganarão os habitantes de Jurássika e provocarão a extinção deles. Como não pensei nisso antes? Onde o congelamento e os meteoritos falharam, os homens não falharão. Somos os melhores em destruição! Eu sempre tenho um plano perfeito... Mas, antes, vou dedicar meu tempo oferecendo ao mundo uma das minhas brilhantes invenções.

VIM AQUI PARA AJUDAR TODOS VOCÊS. NESTA BELÍSSIMA PRAIA, ONDE DESFRUTAMOS DE VERÕES FELIZES E PESCAMOS GRANDES PEIXES PARA COMER, NESTE MARAVILHOSO MAR DIANTE DO QUAL OBSERVAMOS O DESLUMBRANTE PÔR DO SOL, ESTÁ CADA VEZ MAIS DIFÍCIL FISGAR OS PEIXES... POLUINDO AS ÁGUAS, ELES SE DESENVOLVERÃO MUITO MAIS, E A QUALIDADE DE NOSSA ALIMENTAÇÃO SERÁ INCRIVELMENTE MELHOR. QUANTO MAIS CONTAMINARMOS O MEIO AMBIENTE, MAIS PEIXES TEREMOS EM NOSSA MESA! CERTAMENTE, SETECENTAS TONELADAS DE PLÁSTICO POR DIA SERÃO SUFICIENTES. É UM VOLUME DE PLÁSTICO QUE PODEMOS PRODUZIR COM O ESFORÇO DE TODOS!

JURÁSSIKA PRECISA:

PEGUE-ME SE PUDER

OUTRA INVENÇÃO DE QUE JURÁSSIKA PRECISA: A PIPA

Gosto de inventar coisas que façam as pessoas felizes. Por isso me propus a trazer ao mundo pré-histórico invenções geniais, desde a roda. Eis uma criação que vai fazer todos se sentirem mais livres do que a internet: a pipa.

Infelizmente, neste lugar, onde se acredita que as unhas crescem conforme as fases da lua, é difícil fazer todos entenderem minhas ideias. Talvez os dinossauros ainda não estejam preparados para conhecer a pipa.

CAPÍTULO UM

PAPEL: A INVENÇÃO QUE REVOLUCIONOU O MUNDO.

— Pessoal, como vocês conseguiram viver até agora sem papel?
Trisha dá uma risada e ergue a pata.
— Martin, vivemos muito bem até sem os stories do
Instagram. Isso faz parte da evolução. Somos jurássicos, não
estamos na era espacial.

PEGUE-ME SE PUDER

Hummm... O comentário de Trisha me deixa
curioso e me faz perguntar:
— Onde escreve as lições que ensinei a você?
Ela sorri e me responde, curta e grossa:
— Na lousa.
— Onde faz sua lição de casa?
— Na lousa de casa, é claro.
A conversa vai se tornando cada vez mais interessante, então
eu insisto no assunto:
— Quando vocês vão ao supermercado,
onde escrevem a lista de compras?
Estou curioso para saber o que ela vai responder.
— Martin, somos herbívoros... Vamos ao supermercado apenas
para comprar bebidas, e não precisamos de lista para isso.
— Por acaso vocês já se apaixonaram alguma vez? Eu me
apaixono todos os dias! Vocês escrevem uma carta de amor para
a pessoa por quem se apaixonam?
Subitamente, o semblante de Trisha se torna triste e sombrio.
Ela parece estar diante de um penhasco, prestes a cair.
— Eu nunca escrevi nada assim... Bem que gostaria, mas
jamais consegui dar uma lousa aos meus pretendentes.
— Bem, de agora em diante, você poderá escrever cartas,
graças ao papel.
— Isso quer dizer que a partir de hoje poderei escrever cartas o
lembretes? Você é um gênio, Martin. Mas onde está o papel?
Ainda bem que estudei, e que todo esse estudo não foi em vão
Eu convido meus amigos a me seguir.

CAPÍTULO UM

PEGUE-ME SE PUDER

Fomos até um vespeiro. Todos se mantêm a uma distância segura. Eu sorrio e, como se fosse Albert Einstein, explico:

— As vespas foram os primeiros bichos a produzir o papel. Seu ninho é feito de papel, só que mais frágil e fácil de se desfazer. A vespa come e mastiga as fibras das plantas, que são digeridas no estômago e misturadas ao muco. Dessa mistura, a vespa consegue tecer uma linha gelatinosa, que seca pela exposição da luz e do vento.

Pego um pedaço do ninho de papel para que meus alunos observem de perto. Sou o guia do grupo e preciso demonstrar coragem. Não serão alguns insetos bobinhos que vão me assustar. Meus músculos serão como uma parede intransponível para deter as vespas. Elas colidirão contra meu forte abdome e sucumbirão. Vespas são insetos insolentes e ameaçadores. As vespinhas me avisam que, se eu não parar de mexer com elas, vão chamar sua mãe. Todo esse escândalo só por causa de um pedacinho de papel? Quanto egoísmo!

PEGUE-ME SE PUDER

CAPÍTULO UM

Desisti da ideia de roubar mais papel do ninho das vespas; caso contrário, eu é que acabaria sendo extinto. A mãe daqueles insetinhos é tão grande quanto meu orgulho e medo. Mostro meu afetuoso sorriso, que normalmente derrete até a fúria da MINHA mãe, e aparento surpresa.
— Bem... Sou carteiro e estava a sua procura para lhe entregar o prêmio de "melhor mãe do ano".
Por sorte, sou convincente. Meu cérebro, depois de escapar por pouco da furiosa mãe vespa, borbulha para encontrar uma solução para conseguir papel. Odeio desistir.
Por acaso, tenho cara de quem desiste dos sonhos?
Eu sou o escolhido e devo ser o responsável pelo planeta Terra. Penso em outro jeito de fazer papel e, é claro, chego a uma solução rapidamente! Como não pensei nisso antes? Por cerca de quatro mil anos, as pessoas escreveram em papiro, pergaminho e cascas de árvores. Devo confessar que nunca fui um brilhante aluno de história, e minhas notas sempre eram medianas nessa matéria. Apesar disso, eu me lembro do chinês Tsai Lun, de suas experiências e de como ele inventou o papel com cascas de árvores. Tal como o inventor, eu uso sobras de roupas usadas, redes de peixes e cascas de árvores. Depois, misturo um pouco de imaginação, que nunca falha, para fazer o papel existir!

PEGUE-ME SE PUDER

Depois de inventar o papel, decido ensinar Trisha a escrever uma carta de amor. Só consigo imaginá-la declarando seu amor à Justiça, e não a um dinossauro real, afinal esse é o jeito dela. Ela ama ideais.

CAPÍTULO UM

Pergunto a Lloyd para onde Trisha foi. Ele está tocando seu violão e me diz que vai inventar o papel pautado para escrever músicas.

PEGUE-ME SE PUDER

— Muito bem — eu o incentivo —, mas estou à procura de Trisha. Você a viu por aí?
Rapto pega o microfone (que estranhamente já existe na era jurássica) e diz:
— Poderei escrever as melhores piadas nesses papéis...
É que eu esqueço tudo num piscar de olhos. Para aqueles

CAPÍTULO UM

que sofrem de memória curta, como eu, essa invenção fabulosa definitivamente irá resolver nosso problema! Qual é o nome dela mesmo?

Todos riem.

Rapto é sempre muito brincalhão.

Minha cabeça está latejando como se um martelo estivesse batendo lá dentro; isso sempre acontece quando ninguém me ouve.

— Alguém pode me dizer onde está Trisha? — eu grito, a plenos pulmões.

PEGUE-ME SE PUDER

Depois de procurar por toda a escola, Waldo se aproxima assustado. Tão assustado quanto eu fiquei depois de ver Demogorgon, em Stranger Things.
— Você sabe onde está nossa amiga Trisha? — pergunto a ele, pela enésima vez.
— Martin, os valentões sequestraram Trisha e a levaram para a "Ilha dos Ciclopessauros".

Nãããooo!

Nãããoooo!

Depois de gritar "não" diversas vezes, fico quieto e tento me recompor. Eles sempre sequestram um de meus amigos. Os sinistros são piores do que um queijo estragado e cheio de mofo. Não aguento mais esses caras. Waldo está aterrorizado. Ele é um sujeito bem sensível. Depois de fazer carinho nele para acalmá-lo, pergunto:
— O que é essa "Ilha dos Ciclopessauros?
E onde fica esse lugar?

PEGUE-ME SE PUDER

Waldo respira fundo, toma coragem e explica:
— Na Ilha dos Ciclopessauros mora o terrível, o assustador, o majestoso, o fantasmagórico, o malévolo...
— Quem mora lá, Waldo? — pergunto, aflito e ao mesmo tempo desconfiado.
— Acho que me empolguei, Martin. Peço desculpas. Quem mora lá é o Polifemossauro — conclui meu amigo, finalmente.
— Poli... o quê? — Acredito não ter entendido bem.
— Um monstro horroroso, um gigante que tem apenas um olho e que mora em uma caverna. Pra piorar, ele não é vegetariano, mas um viciado em carne, que devora dúzias de dinossauros e humanos em uma só bocada.

DILEMAS DE MARTIN

SERÁ QUE O PAI DO POLIFEMOSSAURO NÃO ENXERGA BEM O SEU FILHO?

FICO IMAGINANDO SE UM POLIFEMOSSAURO BÊBADO VÊ TUDO DUPLICADO!

PEGUE-ME SE PUDER

Eu sou Martin, e não pense que me vesti assim por medo do Polifemossauro. Se consegui sobreviver ao bafo do meu pai depois de ele ter comido pão de alho, não terei nenhum problema em salvar nossa amiga Trisha. Sou um herói, portanto posso me transformar facilmente em uma Tartaruga Ninja. Só preciso de um plano perfeito...

É claro! Como não pensei nisso antes? Estudei mitologia na escola e sei de muita coisa que os sinistros não sabem!

Como Ulisses, preciso encontrar a caverna do terrível Polifemossauro, onde ele mantém seus reféns. Primeiro, devo explorar a ilha para saber onde a caverna está localizada. Mas, antes de chegar lá, vou inventar uma arma para salvar Trisha.

Reúno todos os meus amigos e, como uma criança superconfiante, digo que já é hora de o mundo saber...

ESTÁ CURIOSO O QUÊ?

CAPÍTULO UM

— Amigos, aos que estão prestando atenção em mim, que confiam em meu cérebro mais do que privilegiado e que me consideram tão genial quanto Leonardo da Vinci ou Albert Einstein, garanto que salvaremos Trisha mais uma vez. E tudo isso graças ao vinho. Percebo que meu discurso dá confiança a eles.

SALVAREMOS TRISHA PORQUE SOU PURA INTELIGÊNCIA!

Lloyd sorri e seus olhos brilham. Sempre que ele ouve uma palavra que não conhece, fica encantado.

PEGUE-ME SE PUDER

— Martin, o que é vinho? — Quando meu amigo Lloyd desconhece algo, a mente dele viaja na imaginação.
— É um tipo de suco de uva, amigo — respondo.
Lambendo os beiços como se estivesse sentindo o sabor da bebida, ele afirma com muita convicção:
— Então vou beber muito!
— Nããão! Você não pode fazer isso, porque a bebida tem álcool, o que não faz bem para você — explico, sem saber se ele entende o que digo.
— Então, o vinho não é uma bebida gostosa?

AS DÚVIDAS DE WALDO

COMO FAÇO PARA RECONHE AS UVAS QU CONTÊM ÁLCO

> É... PARECE QUE VOCÊ ENTENDEU EM PARTE. GRAÇAS AO VINHO, SALVAREMOS TRISHA! ♥

— Não se preocupe, Waldo, vai saber logo, logo. Neste momento, você deve me ajudar a produzir a primeira garrafa de vinho da história da humanidade — explico para ele.

Meus amigos confiam em mim. Ainda bem que eu sempre tenho um plano perfeito. Não quero desapontá-los. Vamos criar o vinho. Eu fermento o suco da uva graças à levedura encontrada em sua casca. Ela é capaz de transformar o açúcar da polpa em álcool etílico e dióxido de carbono. O que foi que acabei de dizer? Nem eu sei... Mas descubro que produzimos um bom vinho tinto quando vejo Rapto cair no chão. Por que ele desmaiou? Porque Rapto pensa que manchou as mãos com sangue! Ao contrário de todos, que estão assustados, olho para ele surpreso.

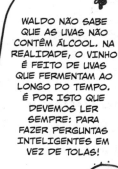

WALDO NÃO SABE QUE AS UVAS NÃO CONTÊM ÁLCOOL. NA REALIDADE, O VINHO É FEITO DE UVAS QUE FERMENTAM AO LONGO DO TEMPO. É POR ISTO QUE DEVEMOS LER SEMPRE: PARA FAZER PERGUNTAS INTELIGENTES EM VEZ DE TOLAS!

PEGUE-ME SE PUDER

Nunca pensei que Rapto fosse covarde. Como alguém poderia confundir vinho com sangue? Meus amigos são mesmo muito sortudos por terem

me encontrado; caso contrário, como eles esperam se salvar da extinção? Com toda a minha força, ajudo Rapto a se levantar e convido todos a formarem um círculo ao meu redor.

CAPÍTULO UM

Como um técnico de futebol, tento explicar os planos ao meu time.

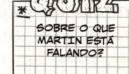

— Partiremos para a Ilha dos Ciclopessauros com uma garrafa de vinho e traremos Trisha de volta.

Ninguém acredita em mim. Infelizmente, ser incompreendido é o destino reservado a nós, gênios preparados para o futuro.

— Como pretende chegar à ilha? — Lloyd pergunta com ar de desconfiança. — Você não tem um avião como o Iron Maiden!

PEGUE-ME SE PUDER

Como ele conhece uma banda de heavy metal dos anos 1980? Esperava que eles fossem velhos, mas não tanto assim! Lloyd está certo, é necessário um avião para se chegar a uma ilha... ou um barco, que pode ser descoberto, atacado e naufragar antes de atracar.

Caminho para fora da sala, e todos me seguem. Olho para cima e, antes de avistar as nuvens, meu olhar se depara com Pterodáctilos, que parecem não querer conversa comigo. Pior, sinto um presentinho cair sobre a minha cabeça. Como eles se atrevem a fazer cocô na cabeça de um superdotado? Se eu fosse maior e muito mais forte, mostraria a eles quem é que manda aqui. Limpo com a mão a sujeira nojenta, disfarçando minha vergonha. Sorrio e demonstro alegria (mentira!) ao ver Ptero.

– Ei, cara, obrigado por me mostrar o que comem hoje. Para sua espécie, isso é sinal de sorte, e sei que precisaremos de muita sorte para resgatar Trisha... Então, volte quando quiser para jogar sua caca em cima de mim.

– Tome, Martin, limpe sua cabeça – diz Waldo, entregando uma folha –, e, se faz muita questão, desejamos a você toda a sorte do mundo!

Limpo meu cabelo e mudo de assunto. Odeio notar que ficar sujo chama mais atenção do que minha inteligência.

– Nós vamos voar! Voaremos todo o percurso até a ilha – digo convicto.

PEGUE-ME SE PUDER

Waldo esfrega as mãos.
— Você vai precisar da minha ajuda! — diz Waldo, pois ainda pensa que é um pássaro. Não quero que fique magoado, mas, se ele decidir voar, vai se machucar.
— Waldo, cada um sabe de seu potencial, portanto não deveria testar seus limites. Você ainda é uma criança.
Irritado, ele corre até uma casinha atrás da escola e volta arrastando um par de asas.
As asas trazidas por Waldo são muito parecidas com a invenção desenhada pelo meu ilustre colega Leo...

CAPÍTULO UM

Quero dizer, Leonardo da Vinci. Mas acho que ele gostaria que eu o chamasse de Leo. Isso se tivéssemos nos conhecido pessoalmente, é claro. Como sou muito culto e inteligente, sei que o par de asas que Waldo está usando chama-se "ornitóptero". O primeiro desenho de um ornitóptero foi feito na época de Leonardo da Vinci e provavelmente representa a primeira tentativa de projetar o aeródino, ou seja, um objeto voador mais pesado que o ar.
O complexo mecanismo reproduzia as asas de um pássaro.
Eu me aproximo do meu amigo e dou um forte abraço nele.
— Waldo, você é uma caixinha de surpresas, pois sempre tem uma novidade para mostrar. Não me leve a mal, mas você é um bicho pré-histórico, portanto não conseguiria inventar essa engenhoca.... Pode dizer, quem te deu essas asas? Você é meio esquisito, sabe... Conhece Iron Maiden, mas nem ao menos sabe quem é Dua Lipa.
Irritado, Waldo bate as patas no chão, como
criancinhas mimadas fazem.
— Você vem comigo ou não? — ele pergunta.
— Para onde?
As surpresas neste mundo pré-histórico sempre me assustam, pois tudo aqui é gigantesco.
— Para se encontrar com meu amigo... A pessoa que me deu as asas!

PEGUE-ME SE PUDER

Pitch é tipo um minifilhote de... Olhando bem, ele não se parece com um T-rex, muito menos com um Brontossauro ou com um Tricerátopo. O pequeno dinossauro é encantador e tem o cheiro adocicado de amaciante de roupas, o mesmo que minha mãe usa quando lava meus casacos.

Sua língua está pendurada para fora da boca, como se tivesse corrido vários quilômetros.

Ele tem um olhar de esperteza, mas parece um adorável pintinho.

— Ei, pequenino — chamo sua atenção —, você parece tão gentil, fofinho, inofensivo e... tão minúsculo. — O bichinho me esnoba e depois de alguns segundos me responde, curto e grosso:

— Faça o favor de me chamar de doutor Pitch. Eu fiz faculdade... Além disso, apesar de Yoda não ser um cara alto, ele é inteligente e sabe se defender muito bem. Então, garoto, que tal mostrar um pouco de respeito?

Sinto que uma grande e duradoura amizade surgiu entre nós.

CAPÍTULO UM

ESTOU CERTO DE QUE PITCH GOSTOU DE MIM. NORMALMENTE. EU TAMBÉM ME ACHO UM GAROTO BEM LEGAL.

— Eu não sou nenhum bichinho de pelúcia! — Pitch esclarece sem rodeios. — Nunca se esqueça disso. Mas, se gosta de mim, lembre-se de dar um like no meu perfil do Instagram! Fico boquiaberto e sem palavras. Como é possível que ele conheça o Instagram?

— Quem é você, afinal? — pergunto.

— Ora, sou sua consciência! Portanto, coloque a cabeça no lugar e não conte muitas mentiras, pois estou aqui para lhe dar os melhores conselhos do mundo.

— Chega de brincadeiras... Que tipo de dinossauro você é? — Estou curioso para conhecer melhor meu novo amiguinho, principalmente porque quero saber onde ele encontrou as famosas asas de Leonardo da Vinci.

— Sou um bebê Tempossauro.

— O que é isso? — Não quero desapontá-lo ou arruinar toda a sua infância, mas eu sou um estudioso. Como você já deve ter percebido, meu brilho é de pura inteligência e sabedoria. Estou bem ciente de que não há menção a qualquer Tempossauro nos livros de ciências.

PEGUE-ME SE PUDER

O QUE É UM TEMPOSSAURO?

— Se esse for o caso, também não há qualquer evidência quanto à existência de anões, gigantes ou fadas. Talvez os livros que você consulta estejam incompletos — conclui Pitch.
— Você não deveria zombar de mim, afinal eu sou o Escolhido — digo para o minúsculo dinossauro.

CAPÍTULO UM

De repente, Pitch me abraça! Confesso que fiquei muito emocionado, mas, quando lhe dou um de meus sorrisos sedutoramente alegres, ele diz:

— Eu gosto de você! Você é muito fofinho e pode ser meu bichinho de estimação. Assim, passearíamos todas as tardes. Você usaria uma coleira em volta de seu pescoço e poderia fazer xixi no parque perto de casa!

PEGUE-ME SE PUDER

Não resisto e dou muita risada. Eu gosto dos Tempossauros; eles são divertidos e adoráveis!
Finalmente, Pitch decide me contar a verdadeira história de sua família.
— Você já conhece bem os dinossauros grandalhões, como os Gigantossauros, Brontossauros, Anquilossauros e Tiranossauros. Eles são bem famosos porque sobrevivem a tudo!
Pelos padrões do mundo jurássico, nós, os Tempossauros, somos tão úteis quanto um garfo para tomar sopa. Somos pequeninos, engraçadinhos e desdentados... Nunca fomos amados pelos seres desta era, principalmente pelos maldosos. Por exemplo, meu professor de matemática, um T-rex fanfarrão que pensava que dois mais dois era igual a cinco, me ameaçava dizendo:
— Vou colocar você no meu bolso e sempre que me lembrar vou socar sua cara!
Então, passamos a viver escondidos, até que descobrimos um intervalo no tempo, que nos dá acesso ao seu presente...

CAPÍTULO UM

PEGUE-ME SE PUDER

Por sorte, conhecemos os grandes gênios da história, como Leonardo da Vinci e Albert Einstein, que nos ofereceram ferramentas para nos proteger dos caras maus e fortões. Abraço meu pequeno Tempossauro, mostro a ele meu superbíceps e digo:

— Amiguinho, a partir de hoje, você não terá mais com que se preocupar. Veja como eu transmito força, coragem e proteção. Você acabou de encontrar o seu herói. Além de protegê-lo, vou proporcionar fantásticas invenções a toda a sua espécie. Aliás, há alguns dias, pensei em inventar o chocolate!

— Ah, sem dúvida, você é exatamente quem precisávamos para nos proteger dos T-rexes! — Pitch exclama, em tom sarcástico.

Penso um pouco, não muito, para não afetar meu cérebro, então vejo as asas de Leonardo e agradeço meu novo amigo Pitch.

— Agora entendo como conseguiu a grande invenção do meu colega Da Vinci. Com as asas serei capaz de chegar até a ilha onde Trisha está mantida como refém e libertá-la.

— Então vá e lembre-se de me trazer uma garrafa de vinho!

— Claro, meu camarada!

Waldo olha para as asas com um pouco de inveja e me entrega as peças gentilmente, pois ele sabe que irei usá-las para salvar nossa amiga Trisha.

CAPÍTULO UM

P.S.: estes músculos não são de verdade, mas o ilustrador os cedeu gentilmente ao Martin apenas para o desenho ficar mais bonito... (Martin ficou emocionado.)

Eu sou um herói, o Escolhido, mas primeiro vou salvar Trisha para depois salvar o mundo. Meu plano é perfeito... só me esqueci de que as asas não têm motor; isso significa que não terei forças para sair da ilha com minha amiga grandalhona. Mas isso é apenas um detalhe, e detalhes não amedrontam os Escolhidos! Para ser bem sincero, não tenho muita certeza disso!

CAPÍTULO DOIS
Na Ilha dos Ciclopessauros

Capítulo 2

Querido diário,

A Ilha dos Ciclopessauros é maravilhosa. Maravilhosa mesmo!

O mar reflete os raios do sol, que parecem beijar com muito amor as águas reluzentes. O peixe salta no ar e saúda o pássaro que desliza acima das ondas, suaves e gentis. Não há nenhum dinossauro à vista, e as tartarugas desfrutam da paisagem, como se fossem turistas, lendo histórias escritas nas folhas.

Pouso na praia e escondo as asas de Leonardo atrás das palmeiras que margeiam a areia. Com minha mochila afivelada nos ombros e no torso, inicio minha busca ao Polifemossauro.

— Polifemossauro! — grito, deixando claro que cheguei à ilha para encontrá-lo.

Alguns metros adiante, um Reptossauro, estranhamente trajado com um uniforme de motorista, bloqueia meu caminho. Ele surge de um estande localizado no meio da praia e acena com uma placa que diz: "Fortes emoções para turistas malucos".

Ele se aproxima e me observa com um olhar estranho e perturbador.

PEGUE-ME SE PUDER

Se ele não parar, vou mostrar minha língua barulhenta.
— Você gostaria de passear pela caverna do Polifemossauro?
— Seria muito legal — respondo, demonstrando meu interesse.
— Mas não é perigoso invadir a caverna desse dinossauro?
— pergunto, curioso, mas também um pouco assustado.
— O Polifemossauro é um cara mal-humorado, mas todos querem dar uma espiada nele; além disso, é assim que ganho dinheiro nesta ilha.
— Até que é uma boa ideia — eu concordo. Então, lembro-me de Trisha e pergunto: — Ele realmente é carnívoro?
O motorista faz um gesto de cabeça confirmando meu temor e deixa escapar um sorriso assustador.
— Pode acreditar que sim! Mas não se preocupe, ele só fica bravo se você não paga o ingresso, não compra aquelas baboseiras de lembrancinhas ou se o sócio dele lhe pede para devorar pessoas.
— Ora, e quem é o sócio dele nesse negócio? — quero saber.
— O Senhor Não. Quem mais poderia ser?
Ele possui cinquenta por cento da ilha e do parque temático.

CAPÍTULO DOIS

– Oh, não! Está querendo me dizer que o Polifemossauro é um sinistro? – pergunto, praticamente ciente da resposta.

– Bem, o que mais poderia esperar de um monstro que só consegue ver metade do que se passa ao seu redor?

– o motorista responde com outra pergunta.

Eu reclamo, murmurando entre os dentes; isso sempre acontece quando tenho muita vontade de resmungar.

MONÓCULO PLANETÁRIO: PARA VER O CAMINHO ATÉ AS ESTRELAS!

ENGENHOCAS DOS POLIFEMOSSAUROS! OFERTA ESPECIAL! OPORTUNIDADE!

ÓCULO: POSSUI APENAS UMA LENTE, MAS GARANTE UMA VISÃO DE ÁGUIA!

ISSO ME CUSTA UM OLHO E UMA PERNA!

PIADAS SOBRE POLIFEMOSSAUROS

LIVRO DE PIADAS SOBRE POLIFEMOSSAUROS. MUITO ÚTIL PARA FUGIR DE POLIFEMOSSAUROS QUE SABEM RIR DE PIADAS SOBRE SI MESMOS!

CAPÍTULO DOIS

— E aí, vai comprar o ingresso para passear pela caverna do terror?

— Claro que sim! — exclamo com total confiança, mas preocupado com minha amiga; por isso, tento descobrir mais informações sobre o tal dinossauro. — O que o Polifemossauro faz com seus prisioneiros?

— Mas que pergunta! Ele come todos, óbvio! Afinal de contas, é Polifemossauro... E não há nenhum McDonald's por aqui. Ele precisa comer de vez em quando, então aceita tudo o que o Senhor Não oferece.

POLIFEMOSSAURO = MEDO!

VIRE A PÁGINA E VEJA O QUE ACONTECERIA SE O POLIFEMOSSAURO COMESSE NO McDONALD'S

CAPÍTULO DOIS

Concordo em fazer o passeio, pois acho que é o jeito mais rápido de encontrar aquela terrível criatura.

O motorista estende a mão na minha direção e diz:

— O ingresso custa cinquenta dólares!

— O quê? — pergunto ao Reptossauro, praticamente cuspindo fogo pelo nariz.

Ele só pode estar brincando!

O dólar ainda nem foi inventado e o espertalhão já quer cinquenta na mão!

— Nós estamos no mundo jurássico, onde tudo é exagerado, inclusive os preços!

Não suporto pessoas que querem passar a perna nos clientes. Pretendo inventar um sindicato para defendê-los. Vou arruinar todos os que quiserem se aproveitar de clientes inocentes como eu!

Espero, pelo menos, que me entreguem um recibo. Tiro o dinheiro da mochila que ganhei de presente da minha avó. Preferiria comprar um Playstation com essa grana, mas salvar um amigo é muito mais importante. Não é tão divertido, mas é definitivamente necessário!

NÓS, OS ESCOLHIDOS, NÃO DEVERÍAMOS GANHAR DESCONTO NOS PASSEIOS?

PEGUE-ME SE PUDER

Eu sei negociar, mas faço uma anotação para pesquisar depois como ficar rico. Não me importo com dinheiro, mas, já que todos estão me pedindo dólares em troca de tudo, percebo que vou precisar de muito mais grana. Os fenícios inventaram a moeda de troca. Mas fico me perguntando por que não espalharam muito mais delas pelo mundo!

CAPÍTULO DOIS

PONALD, O MAIS NOVO SINISTRO. ACIMA DA CABECEIRA DE SUA CAMA HÁ UM QUADRO ONDE SE PODE LER UMA FRASE QUE ELE SEMPRE REPETE E QUE FOI ESCRITA POR SEU ÍDOLO, TIO PATINHAS: "SE VOCÊ PRECISA GASTAR DINHEIRO, QUE PELO MENOS NÃO SEJA O SEU".

PEGUE-ME SE PUDER

Estou curioso.

O Reptossauro me leva até a caverna do mais terrível de todos os dinossauros: o Polifemossauro.

Antes de entrar lá, encontro um panfleto que diz: "Aqui foram devorados seis dos doze homens que vieram para explorar a ilha".

Socorro! Estou assustado.

BUÁÁ

Mas logo percebo que o folheto é apenas uma boa propaganda, que traz um ótimo atrativo: um perigo iminente. Bravo, pequeno Poli! Muito bem pensado! Mas, se acha que vai me fazer de bobo com esse anúncio, está redondamente enganado.

Esse tipo de folheto funciona com pessoas que não têm uma mente brilhante como a minha! Caras brilhantes como eu fazem o mundo girar e não se deixam levar por armadilhas de marketing. Eu, por exemplo, sou uma criança que viveu por anos sem um Playstation e, apesar de eu ter sido bombardeado por propagandas, nunca pedi um a meus pais. Acha que estou mentindo?

CAPÍTULO DOIS

AS MENTIRAS DE MARTIN. VOCÊ ACHA QUE ELE REALMENTE SERIA CAPAZ DE RESISTIR AO PLAYSTATION?

Minhas pernas estão tremendo, mas eu tenho um plano e a certeza de que vai funcionar. Bato na parede da caverna. Já na entrada, um Morcegossauro, pendurado no teto de cabeça para baixo, me cumprimenta com uma atitude sinistra e um misterioso tom de voz.

O Morcegossauro tenta me assustar com frases de impacto:
— Terror à vista! Prepare-se para o pior!
Com olhos de águia, examino cada milímetro daquela figura pendurada a minha frente e noto uma parte do rabo de um Brontossauro escapando da fantasia ridícula de Halloween que ele está vestindo.
Fico triste ao ver que um valente Brontossauro está sendo obrigado a fazer o papel de um Morcegossauro por míseros pacotinhos de comida. Pelo que parece, a crise econômica também chegou ao período jurássico!

CAPÍTULO DOIS

Finjo estar com medo dele e grito assustado:
— Socorro, você está me apavorando tanto que já quero voltar para casa!
— Obrigado, mas não vá embora — o Brontossauro vestido de Morcegossauro sussurra para mim.
Com um gesto de cabeça, cumprimento aquele bicho esquisito e sigo adiante. Logo vejo uma enorme rocha bloqueando o local onde fica o Polifemossauro.
Hummm, não gosto do que estou vendo; tudo indica que ele decide quem entra e, o que é pior, quem sai dali. Leio a mensagem em um papel que a criatura de um olho só colou na rocha: "Vós que entrais, abandonai toda a esperança".
Oh, não, até o Polifemossauro está plagiando Dante!

PEGUE-ME SE PUDER

E se foi o contrário? Definitivamente, a história é repleta de mistérios. Mas este não é o momento de descobrir se Dante copiou A Divina Comédia do Polifemossauro, mas, sim, de entender o que aconteceu com Trisha. E isso somente será possível se eu entrar na caverna...

Com sua força monstruosa, o Polifemossauro arrasta a rocha para o lado, desbloqueando a entrada, e me convida a seguir seus pesados passos. Na minha frente, uma cena que nunca gostaria de ter visto: Trisha amordaçada e presa à parede.
— Quem é você, humano desprezível? — o Polifemossauro me pergunta.
Minha garganta está seca, e o medo me impede de respirar, então tento pensar em pessoas destemidas, como o Homem-Aranha e Batman. Logo a coragem toma conta de mim!

PEGUE-ME SE PUDER

Quando lembro que os dois heróis são personagens de histórias em quadrinhos, eu quase faço xixi nas calças! Felizmente, sigo com o plano de salvar Trisha!

NINGUÉM

Brilhante ideia a minha de dizer a ele que meu nome é Ninguém.

Tudo bem, Ulisses fez isso antes de mim. Poderia ter dito a ele que meu nome era "Não sei" ou "Pergunte-me de novo", em vez disso fui esperto por me lembrar da história de Ulisses e Polifemo.

Aquela criatura fedorenta e esquisita sorri para mim, fazendo um arrepio subir pela minha espinha. Por que os autores incluem monstros nas histórias de livros infantis? Eles são aterrorizantes e nunca dizem nada de interessante.

— O que está esperando, pequeno Ninguém? Para ficar aqui me admirando, deve pagar mais algumas moedas. Mas acho bom você sair daqui rapidinho, pois já estou com fome. Está vendo aquela Tricerátopo? Ela será meu jantar. Não encontrei nada melhor pra comer hoje. Pensando bem, pode ficar mais um pouco para me ver degustando, ossinho por ossinho, esse delicioso dinossauro. E, se não gostou do que eu disse e ficar aí reclamando sem parar, prepare-se para ser o meu aperitivo.

CAPÍTULO DOIS

Trisha me observa com os olhos arregalados, e eu sorrio em sua direção. Vou libertá-la!

Minha primeira providência é alcançar minha mochila e sacar dela a garrafa de vinho. Sem demora, ofereço a bebida a Polifemossauro. Ele não tem ideia do que há dentro da garrafa; talvez pense que está bebendo refrigerante. O vinho é forte e bem doce, o que fará o Ciclopessauro cair em sono profundo. O monstro experimenta o vinho e com o polegar faz sinal de positivo, indicando que aprova a bebida. Enquanto anda cambaleando de um lado a outro, ele me diz:

— Adorei a bebida que me deu e, por isso, comerei você depois de minha refeição principal, Ninguém.

Quanta bondade!

Eu mal podia esperar para ser devorado por último (estou sendo sarcástico). Mas não sou uma sobremesa e já havia previsto que seria deixado para o fim da refeição do Polifemossauro. Logo vou provar quem é o mais forte entre nós dois.

O grandão vai perceber que a inteligência sempre vence a força bruta.

QUER SABER QUAL FOI O FIM DO POLIFEMOSSAURO? VIRE A PÁGINA E DESCUBRA OS MALEFÍCIOS DO ÁLCOOL.

PEGUE-ME SE PUDER

— O que há de errado com você? — pergunto, um pouco ressentido.
— Você elaborou um plano incompleto; agora é a minha vez de pensar no restante. Será que eu nunca serei apenas uma prisioneira a ser resgatada? Sempre terei de intervir nos seus planos?
Trisha está um pouco nervosa e bastante alerta.

P.S.: AS BOAS-VINDAS QUE MARTIN ESPERAVA OUVIR DE TRISHA!

— O que eu fiz de errado?
— Em breve, o Ciclopessauro vai acordar, e precisamos ter certeza de que ele não vai nos alcançar.

CAPÍTULO DOIS

— É verdade. Você sabe que meu plano nunca leva em consideração a segunda e a terceira fase. Mas eu tenho uma ideia. Li a Odisseia de Homero, na qual Polifemo cai em sono profundo por causa do vinho. Então, Ulisses põe em ação a segunda parte de seu plano. Ao lado de seus amigos, ele faz um espeto bem grande com um galho de oliveira. Com o espeto aquecido, os gregos espetam e perfuram o olho do Ciclopessauro dorminhoco. Por que não fazemos o mesmo?
— Como pode pensar uma coisa dessas?!!! Somos personagens de um diário infantil. Não podemos ser tão violentos como as criaturas mitológicas!

SOMOS PACIFISTAS, MARTIN! VAMOS APENAS ESFREGAR ESTE GALHO NO OLHO DO POLIFEMOSSAURO. ASSIM, ELE NÃO ENXERGARÁ NADA POR ALGUMAS HORAS E SENTIRÁ SÓ UM POUCO DE COCEIRA!

PEGUE-ME SE PUDER

— Como é que é? O Polifemossauro pode nos devorar e você quer que apenas o torturemos com um simples ramo de oliveira? — Trisha balança a cabeça, desaprovando meus comentários.

— O mundo será um lugar bem melhor se um dia alguém fizer uma guerra e ninguém aparecer para lutar.

Trisha é uma garota muito especial, forte e determinada, mas nada violenta. Eu a entendo e sugiro:

— Vamos sair antes que o monstro acorde. Para ele, somos apenas dois pedaços de carne!

Com dificuldade, Polifemossauro tenta se recuperar da ressaca; tropeçando em tudo, ele grita, acordando seus irmãos Ciclopessauros.

Eu nem sabia que ele tinha irmãos...

Nesta história, não há uma única criança monstro!

Os demais Ciclopessauros correm em direção à entrada da caverna. Tentamos nos esconder no meio da manada.

Jerry, o mais novo deles, pergunta ao seu irmão:

— Por que berrou daquele jeito pedindo ajuda?

O Polifemossauro responde a todos:

— Ninguém tentou me matar!

PEGUE-ME SE PUDER

Os Ciclopessauros pensam que ele está bêbado e vão embora, deixando aquele monstrengo sozinho com suas reclamações. Trisha e eu ainda estamos na caverna, escondidos entre as ovelhas...

Os irmãos de Polifemossauro fecharam a caverna com uma pedra enorme, tornando impossível a nossa saída. Minha ideia é escapar pela manhã, quando as ovelhas forem levadas para pastar. Felizmente, não será o grande monstro quem vai abrir a entrada para nós, pois, como seu olho ainda está machucado, ele não conseguiria cuidar do rebanho. Achamos um pouco de lã no chão, e, já que eu sou um gênio, imediatamente elaboro um plano à prova de falhas. Meu truque supercomplexo é colocar a lã sobre nosso corpo, além de andar e balir como uma ovelha. Sou muito bom e imprevisível!

CAPÍTULO DOIS

MARTIN É UM GÊNIO DOS DISFARCES OU OS CICLOPESSAUROS É QUE NÃO SÃO NEM UM POUCO ESPERTOS?

PEGUE-ME SE PUDER

Jerry está em frente à entrada da caverna, fazendo carinho em cada um dos animais que passa diante dele. O pequeno Ciclopessauro suja meu cabelo com suas mãos fedorentas. Eu sorrio para ele com o típico olhar de ovelha perdida e grito com a voz estridente:

— BÉÉ!!! — Meu balido é intenso e bem verdadeiro, tanto que por um momento até eu me senti enganado. Jerry acredita que sou uma ovelha e me empurra em direção à grama.

Uau! Estou feliz com minha performance! O que estou dizendo? Estou superfeliz! Eu sabia que conseguiríamos escapar dessa! Trisha e eu somos excelentes atores! Ao sair da caverna, abraço minha amiga e, com minha costumeira humildade, digo:

— Sou um ator fantástico... Como Brad Pitt. Por um momento, eu fui uma perfeita ovelha lá dentro! Não acha que meu desempenho merece um Oscar?

> DEDICO ESTE PRÊMIO A TODOS VOCÊS! EU BALI COM INTENSIDADE E CONFIANÇA. SE HOJE ME PAREÇO MUITO MAIS COM UMA OVELHA DO QUE ANTES, DEVO ISSO AO MEU EMPENHO. MUITO OBRIGADO. AMO VOCÊS!

CAPÍTULO DOIS

Trisha não entende o que digo, pois não conhece nada de cinema, muito menos de prêmios. Minha amiga me encara admirada, mas não consigo frear minha imaginação: sonho que estou no palco, recebendo minha estatueta dourada, que tem a cara de um T-rex. Vejo meus fãs perto de mim e agradeço a todos eles:

— Dedico este prêmio a vocês! Eu bali com muita intensidade e, se me pareço mais com uma ovelha agora do que antes, devo isso ao meu esplêndido desempenho. Muito obrigado. Amo vocês!

Trisha resmunga, aparentemente não dando valor ao meu talento como ator, e me acorda do meu delírio:

— Martin, em vez de ficar sonhando, por que não pensa em um jeito de voltarmos a Jurássika?

Por que ela quer um plano se eu sou o melhor projeto que existe no mundo? Será que Trisha sabe que sou o plano mais que perfeito da Terra e o único que é capaz de salvá-los da extinção?

CLAP!

87

PEGUE-ME SE PUDER

Faço uma anotação para inventar a profissão de diretor de filmes; acho que vou precisar de uma pessoa com bastante experiência nessa área. Tomo coragem para explicar a Trisha que não tenho um plano. Mas este é um detalhe.
— Vamos improvisar!
— Está falando sério, Martin? Então me diga como seu "improviso" nos levará para casa antes que o Polifemossauro devore a gente.
Talvez eu esteja errado, mas não quero admitir isso. Heróis cometem erros em silêncio!

CAPÍTULO DOIS

Ou melhor, heróis nunca admitem os próprios erros! Sim, acho que soa melhor assim. Trisha está aterrorizada e coloca todas as suas esperanças em mim.
Eu a tranquilizo com meu inabalável olhar número quarenta e três e digo:
— Amiga, acredite em mim... Eu sei o que estou fazendo!
Trisha encolhe os ombros como se quisesse me dizer que não tem opção.
Desesperado, mas tentando disfarçar, olho para o céu e me deparo com a minha salvação. Um enorme balão de ar quente sobrevoa acima da minha cabeça.

PEGUE-ME SE PUDER

Esfrego meus olhos para ver melhor e consigo reconhecer a cara de Waldo, Lloyd e Rapto.

Que alívio, meus amigos chegaram e vieram para me salvar.

Agarro uma folha de árvore, enrolo como um binóculo e olho por dentro dela. Também identifico a carinha irritada do meu mais novo amigo, Pitch, balbuciando algo.

Estou muito distante e não consigo ouvir o que ele diz, mas posso deduzir que são palavras cheias de afeto por mim.

— Alguém pode me emprestar um estilingue? Quero atirar um amendoim na cabeça do Martin — Pitch pede à tripulação.

— Ei, amigos! — grito, acenando com as mãos para que me vejam. — Estávamos aguardando vocês... Conforme tínhamos planejado!

Tudo bem, eu não tinha planejado isso, mas aparentemente eles tinham, e pouco importa se Trisha pensa que o plano é meu ou deles. Waldo está no comando do balão de ar quente e pousa o dirigível perto da praia.

PEGUE-ME SE PUDER

Ele está feliz: voar faz Waldo se sentir especial! Corremos na direção deles e pergunto a todos:

— Onde encontraram esse balão de ar quente?

Pitch sorri e, antes de responder, me dá um abraço. Quando ele tem certeza de que estou bem, desfaz o sorriso amigável do rosto e diz:

— Você me deve essa, Martin. Esta obra é minha!

Em Annonay, conheci Joseph-Michel e Jacques-Étienne Montgolfier, inventores do balão. Naquela ocasião, o balão estava "amarrado" a ganchos no chão, e dentro dele estavam os cientistas Jean-François Pilâtre de Rozier, Jean-Baptiste Réveillon e Giroud de Villette. Era 21 de novembro de 1783, dia do primeiro voo de balão, e eu estava lá.

Mesmo estando a certa distância, ouvimos os passos do Polifemossauro. São pesados e, como um tremor de terremoto, movem a areia sob nossos pés.

Por sorte, o Ciclopessauro se aproximava lentamente por causa do olho ferido, mas sua voz ronca, que parece sair de um megafone, alcança claramente nossos ouvidos.

— Eu vejo você, Ninguém! Desta vez, vou devorá-lo em uma só bocada!

Meus amigos, exceto Trisha, não sabem que eu sou Ninguém. Aviso-os:

— Pessoal, acreditem em mim, se não querem ser o prato principal do jantar do Ciclopessauro, é melhor corrermos.

Rapto sempre vê o lado engraçado das coisas. Enquanto todos nós nos amontoamos dentro do balão de ar quente, ele nos surpreende com uma de suas charadas super-hilárias:

EU VEJO NINGUÉM!

CAPÍTULO TRÊS
A força do amor

Capítulo 3

Querido diário,

Juntos sobrevoamos a ilha e apreciamos a bela vista do vale dos dinossauros. Mas, apesar da exuberante vegetação e das cores transparentes do céu azul, estamos todos tristes. Não muito longe, o mesmo céu está cinza, e a fumaça que sai das chaminés das fábricas parece devorar a beleza da natureza. O que será do mundo se a imensidão do céu for totalmente poluída?

Lloyd nos pergunta, preocupado:

— E se minhas músicas não bastarem para tornar os dias melhores?

> HÁ TANTA POLUIÇÃO NO AR QUE, SE NÃO FOSSE PELOS NOSSOS PULMÕES, NÃO HAVERIA LUGAR PARA ELA!

* DISCURSO SEM SENTIDO DE UM REPTOSSAURO...

PEGUE-ME SE PUDER

Sobrevoamos Jurássika e avistamos Elio, um Brontossauro, cuspindo agoniado sem parar nas águas do lago onde costuma tomar banho.
Ele tosse e perde o fôlego.

CAPÍTULO TRÊS

Assim que se recupera, grita indignado:
— A água está fedorenta. Cheira mal como gasolina.
Olhamos de um para o outro e percebemos que a poluição
das indústrias dos sinistros está crescendo a cada minuto.

PEGUE-ME SE PUDER

Trisha está muito preocupada e compartilha seus temores:

— Talvez Martin esteja certo; desta vez seremos extintos, e provavelmente por causa da poluição causada pelos sinistros e por Ponald.

Dedilhando as cordas do seu violão, Lloyd diz:

— Vou demonstrar minha raiva cantando e espero que eles entendam!

Eu intervenho:

— A música não conterá o barulho das fábricas poluidoras. Porém, tenho uma ideia para deter as indústrias.

— Também tenho uma ideia — Pitch me interrompe. — Por que nós todos não assopramos juntos e mostramos para os sinistros uma boa língua barulhenta? Os T-rexes odeiam o barulho, e eles merecem!

Tento concluir meu pensamento e me dirijo a todos:

PRRRRRRR!!!!
UMA LÍNGUA BARULHENTA DE RESPEITO!!
OS SINISTROS MERECEM!

CAPÍTULO TRÊS

— Eu sou o Escolhido porque minha inteligência não é como um iogurte, que perde a validade em poucos dias. Tenho uma ideia digna da minha fama e que salvará o mundo.
Pitch me encara e diz com um sorriso sarcástico:
— Mas como os escolhidos sabem que são os escolhidos?
Eu sorrio, faço um afago em sua cabeça e explico:
— Noé também foi um escolhido como eu, e os animais da arca subiram a bordo sem fazer tantas perguntas.

DA SÉRIE: "COMO TERIA SIDO A HISTÓRIA DA ARCA SE MARTIN, EM VEZ DE NOÉ, ESTIVESSE LÁ?")

PEGUE-ME SE PUDER

Waldo se aproxima e me
abraça. Ele é muito amável e
sempre acredita em mim.

ASSIM QUE EU INVENTAR OS FOGUETES, UM DELES SERÁ DE WALDO!

— Martin, pode nos contar como pretende salvar o planeta?
A poluição não pode ser comparada a um meteorito e não tem a mesma divulgação que a era do gelo. Mas acho a contaminação da Terra muito mais danosa do que qualquer coisa.

Ele realmente entendeu o espírito do problema! Algum dia, nomearei Waldo como o Deputado Escolhido; ele merece. Nosso amigo, mais do que os outros, reconhece a luz que meu cérebro irradia. Para provar que tenho razão, ilumino o dia dele com uma de minhas belas frases:

— Tudo pode ser combatido, menos a tolice da humanidade, então o jeito é mandar para bem longe as pessoas tolas e de má índole.

Você descobrirá como em breve!

ATÉ WALDO ENTENDEU QUE O MEIO AMBIENTE DEVE SER PRESERVADO.

PEGUE-ME SE PUDER

Estou realmente preocupado: uma garrafa plástica pode durar entre cem anos e mil anos, na água ou na terra. O mundo será um lugar pior para se viver. Então, explico meu novo plano aos meus amigos:
— Se queremos evitar que no futuro sacolas plásticas sejam encontradas dentro do estômago de peixes ou tartarugas, precisamos expulsar Ponald e os valentões da era jurássica. Infelizmente, acho que a extinção dos dinossauros poderá ser causada pelos humanos.

CAPÍTULO TRÊS

— O que você tem em mente e como pretende agir? — Lloyd pergunta. — Eles têm a proteção dos Tiranossauros do mal...
— Será impossível usar a mesma tática que a deles, ou seja, sequestrá-los. Mas, como sempre tenho um plano infalível, já sei como trazê-los até mim, com as próprias pernas deles.

SEMPRE TENHO UM PLANO...
SE FUNCIONA OU NÃO,
É APENAS UM DETALHE.

— Não estou entendendo nada, Martin. Somente um mágico pode atrair aqueles gênios do mal até você! — diz Lloyd.
— Como sempre digo, meu amigo, o que não se pode alcançar na força pode ser alcançado com a inteligência. E com um excelente marketing!
— O que é marketing? — meus amigos perguntam em uníssono.

VOCÊ TAMBÉM QUER SABER O
QUE É MARKETING? CLARO QUE
POSSO EXPLICAR A VOCÊ! BASTA
VIRAR A PÁGINA...

CAPÍTULO TRÊS

Eu falo com um tom didático; para enfatizar minha explicação, uso meus óculos sem lentes e os abaixo de vez em quando com um gesto teatral para parecer mais intelectual do que sou.
— Se, ao vender algo, você apresenta uma oferta atraente, isto é marketing.
Trisha faz um gesto duvidoso com a cabeça e tenta explicar o que entendeu:
— Acho que entendi, Martin. Então, saber como vender é fazer marketing! E o que pretende vender? Qual o seu objetivo com isso?

FAST FOOD
VAI MUDAR O MUNDO! QUEM CONSEGUE RESISTIR A UM CHEESEBURGER?

— Hoje inventarei o fast food e anunciaremos aos sinistros que nossa comida é a mais gostosa de Jurássika. Como somos excelentes em marketing, eles serão atraídos como as abelhas são atraídas pela flor. Quando chegarem até mim, eles irão cair no sono após devorar minha terrível comida. Assim, poderei levar Ponald e os valentões de volta para o presente. O Senhor Não será incapaz de fazer qualquer coisa sozinho, e sem os seus capangas ele será obrigado a obedecer a nós.

PEGUE-ME SE PUDER

CAPÍTULO TRÊS

Waldo corre pelo gramado, como se quisesse voar, e demonstra muita alegria:

— Que maravilha! Construiremos o primeiro McMartin's para enganar os sinistros! E se o plano falhar?

Eu tranquilizo meu amigo dizendo a típica frase de um líder que se preze:

— Sempre tenho um plano B em mente!

Pitch belisca meu poderoso tornozelo de jogador de futebol e murmura:

— Acho que o plano B será rir muito... de você!

PEGUE-ME SE PUDER

DOZE DIAS DEPOIS

Querido diário,
Hoje, meus amigos e eu terminamos de construir o McMartin's, a primeira lanchonete de fast food da pré-história. Nós apressamos esse projeto porque não se pode perder tempo quando se quer combater a poluição. Em apenas poucos dias, a fumaça aumentou e tomou conta do céu. As fábricas não pararam de produzir gases venenosos que se misturaram com as nuvens. Estranhamente, na cidade de Jurássika, os Pterodáctilos já não são vistos voando. Em vez disso, eles são forçados a se deslocar no ônibus do Brontossauro. O ar se tornou irrespirável, e a fina poeira, que o vento traz das fábricas em direção à cidade, entope suas narinas e deixa a voz deles quase inaudível. Ptero desenhou um símbolo em suas asas com a frase: "Prejudicadas pela poluição".

CAPÍTULO TRÊS

PEGUE-ME SE PUDER

CAPÍTULO TRÊS

Espalhamos pela cidade cartazes anunciando
a inauguração da minha lanchonete.
Meus amigos e eu estamos sem palavras. Centenas
de sinistros se aglomeram na porta para entrar no
McMartin's.

Nossa estratégia de marketing deu certo!
Abriremos o caixa em breve, e todos poderão pedir os
hambúrgueres que quiserem. Eva passa o pé em um
pequeno Reptossauro e com esse truque desleal avança
na fila. Adam lança amendoins com um estilingue na
cabeça de outros dinossauros que estão à sua frente
e segue em direção ao caixa. Mike também usou um
truque sujo: comeu quilos e quilos de alho para ficar com
mau hálito. Toda vez que ele abre a boca, todos a sua
volta caem no chão. O Senhor Não também não fica
atrás: sem tomar banho há duas semanas, ele caminha
com sua pata direita levantada para que o cheiro de
sua axila atinja diretamente o nariz de quem está
na fila. Ronald fareja como um cão de caça o aroma
que vem da cozinha, e seu cérebro fica totalmente
perturbado.

PEGUE-ME SE PUDER

Eva é a primeira da fila. Ela era muito simpática e gentil quando estudava comigo. Mas conheceu Mike, que a levou para o submundo da vilania. Apenas Junior, o irmão mais novo dela, continuou sendo um menino amável.

Ela aponta para o desenho atrás de mim. É do Apple-Martin's, um sanduíche com surpresinha. Depois grita a frase favorita dos valentões: "Eu quero esse aí!". Sutilmente, mostro meu uniforme da Lanchonete McMartin's e aponto para a etiqueta na qual está escrita a palavra "CHEFE"!

Espero que Eva entenda que quem manda aqui sou eu. Mas ela não parece se preocupar com essa informação!

Ela começa a bater o pé no chão nervosa e impacientemente... como se estivesse aborrecida porque tem que esperar.

— Eu quero o sanduíche com surpresinha Apple-Martin's! — ela reforça. — Quero abrir a surpresinha... agora!

Faço um esforço para atrair sua atenção, porque sei que a minha surpresa é uma armadilha.

Mostro a ela a embalagem para deixá-la mais curiosa.

— De qual presentinho você gosta mais: a dentadura que dança ou a miniatura de bambolê?

A dentadura que dança é incrível, feita com dentes de verdade (claro que caíram sozinhos da boca dos dinossauros), e não de plástico.

CAPÍTULO TRÊS

— Quero dez dentaduras que dançam! — Eva exclama agitada.
— Se você levar tudo isso, não sobrará nada para os demais — tento explicar.
— Isso pouco me importa! Eu quero dez dentaduras, e está decidido!

Sorrio para mim mesmo. Se ela comer os dez sanduíches que acompanham o brinquedo, cairá no sono em poucos minutos.

— O cliente sempre tem razão! — concordo usando mais uma frase de efeito. — Como eu previ, Eva caiu na minha armadilha!

P.S.: VALENTÕES SÃO TÃO ESTRANHOS...

PEGUE-ME SE PUDER

Mike, Ponald, Adam e o Senhor Não também exageram nos cachorros-quentes e hambúrgueres. Eles encheram suas barrigas a ponto de quase estourarem... Parece até que há um Tiranossauro querendo pular para fora da barriga de cada um deles. De minuto em minuto, todos pedem mais e mais sanduíches e se empanturram como se não houvesse amanhã. Eles amam comida sem qualidade, assim como adoram nossas ofertas esquisitas.

Os vilões estão alucinados com os brindes e com o cheiro que vem de nossa cozinha. Obviamente, eles não sabem que borrifamos no ar a essência de comida gostosa, porque o que cozinhamos é muito ruim e recheado de pílulas para dormir. Depois de alguns minutos, todos batem a cabeça, adormecidos, na mesa de refeições. Presumo que em seus sonhos, em vez contar carneirinhos, eles devem estar correndo atrás delas.

O PLANO MALÉFICO

PEGUE-ME SE PUDER

O adormecido Senhor Não parece um lagarto tomando sol, e não o terrível T-rex de sempre. Quem sabe os sujeitos maus deveriam dormir mais e brigar menos...

NÃO BRIGUEM...

Espero que, longe dos valentões, ele possa se tornar um Tiranossauro mais amável. Talvez até abra uma sorveteria ou, quem sabe, uma floricultura. Waldo, Lloyd, Rapto e Trisha colocam os três valentões e Ponald numa carroceria puxada por um Brontossauro. Após empilhar um corpo sobre o outro no caixote de madeira que construímos e que é levado por rodas de pedra que modelamos, meus amigos pedem ao MEGABRONTO para seguir em direção ao portal.

CAPÍTULO TRÊS

Trisha assume o comando e pede ao motorista para partir... E faz isso com seu costumeiro jeitinho delicado.
— O que está esperando? Vá logo, antes que todos acordem! Eles precisam voltar o mais rápido possível para o mundo deles.

VALENTÕES DE VOLTA PARA CASA!

Olho para meus amigos e explico minhas intenções.
— Vou levar esses valentões pessoalmente para o presente, pois quero ter certeza de que não acordarão tão cedo. Caso contrário, o risco de extinção vai persistir por causa desses vilões.

O MUNDO PRÉ-HISTÓRICO NÃO DEVE SER EXTINTO POR CAUSA DOS VALENTÕES!

PEGUE-ME SE PUDER

— Então, você está indo embora de Jurássika? — pergunta Waldo, com os olhos marejados.

Eu amo esse meu amigo. Entendo muito bem o que se passa com ele, pois eu também sentiria muito a minha falta se eu partisse de mim mesmo. Todos estão ansiosos para ouvir a minha resposta. Então, tal como age um líder perfeito, tranquilizo minha tripulação:

— Bem, não vou embora para sempre. Quero apenas ficar com minha família por um tempo e depois voltarei para Jurássika, para vocês.

CLARO QUE NÃO QUERO ABANDONAR MEUS NOVOS AMIGOS... É APENAS UM "ATÉ LOGO".

Eu complemento:

— Amizades verdadeiras nunca acabam. Vocês são muito especiais para mim, e o amor entre nós será para sempre. Eu sou o Escolhido, e minha missão é proteger os meus fiéis amigos. Portanto, até breve. Preciso ter certeza de que vocês ficarão a salvo da extinção.

Trisha, assim que ouve minhas palavras, dá um sorriso radiante, como o sol que surge lentamente de trás das nuvens.

— Enquanto aguardamos seu retorno, fecharemos todas as fábricas!

CAPÍTULO TRÊS

Essa minha amiga é sempre proativa!

Rapto sorri e acrescenta:

— Mais do que isso, abriremos teatros de comédia...

Lloyd não fica de fora. Ele empunha sua guitarra e fala cantando:

— Inauguraremos também diversos espaços onde tocaremos muita música boa!

Trisha me abraça e conclui:

— Tornaremos a Terra um lugar melhor para se viver e seremos os guardiões do portal do tempo. Quando você voltar, vamos nos divertir muito!

MEUS AMIGOS VÃO PROTEGER O MUNDO!

— Como líder, nomearei todos vocês meus Deputados Escolhidos! — declaro com minha habitual humildade.

Depois, dando um pulo que me faz lembrar dos saltos do Homem-Aranha, entro do carroção do Brontossauro.

SEREMOS AMIGOS PARA SEMPRE! NADA PODERÁ NOS AFASTAR... NEM MESMO O TEMPO!

PEGUE-ME SE PUDER

Querido diário,

Estou em Nova York.

Deixei os valentões perto do ponto de ônibus.

Fiquei tentado a jogá-los dentro das latas de lixo. Mas não seria justo... para os ratos.

Estou feliz: eles não serão capazes de voltar à era pré-histórica, porque os Cuidadores Jurássicos do Tempo estarão lá cumprindo seu papel.

Meus amigos impedirão que os humanos sejam responsáveis pela extinção dos dinossauros.

Hoje é um dia especial.

Finalmente reencontrarei minha avó. Parece que se passaram meses desde o dia em que desci no ponto errado, mas, surpreendentemente, o presente não avançou no tempo. É bizarro quando a imaginação debocha da realidade. Minha avó está preparando meu almoço, e depois ela vai me levar a um jogo de futebol americano... Mas saiba que ela não será uma mera espectadora. O que eu quero dizer com isso? Que minha avó vai entrar em campo! Eu disse a você: ela é uma pessoa muito especial.

CAPÍTULO TRÊS

PEGUE-ME SE PUDER

Querido diário,

Estou em casa há menos de uma hora, mas já sei que voltarei em breve para Jurássika. Tenho saudade de Waldo, Lloyd, Trisha e até do arteiro Pitch.

Coloco minha mochila na mesa do quarto e, surpreso, percebo que ela está se movendo, pulando de um lado para outro como se estivesse sendo comandada por um controle remoto. Eu já sabia que minha casa não era um lugar normal, a começar pelos meus pais! Mas quase tive um ataque do coração. Sou forte e corajoso, só que, quando não estou no meu posto de o Escolhido, sou tão covarde quanto qualquer pessoa. Meus dentes começam a bater como se eu estivesse pulando de paraquedas. Lentamente, me aproximo da mochila. Com a mão direita, arremesso-a no chão e depois me jogo sobre ela, na esperança de esmagá-la e reduzi-la ao tamanho de uma almôndega. Ouço um choro vindo de dentro da mochila e me assusto, como se estivesse diante do Demogorgon, o monstro antagonista da série Stranger Things. Aproximo meu rosto da mochila, tentando ver o que há dentro, quando uma voz diz:

— Cara, você tem mau hálito! Por acaso a pasta de dentes custa caro no seu mundo?

Abro o zíper da mochila e adivinhe quem eu encontro? O malandro do Pitch! Ele salta para fora de forma despreocupada e tira a poeira de seu rosto perspicaz.

CAPÍTULO TRÊS

— Você pensou que eu o deixaria sozinho? Como acha que voltaria para o mundo jurássico? Sem um Tempossauro, você ficaria no presente para sempre!
Sorrio e abraço meu amigo Pitch. Ele é rancoroso, arrogante, mas é meu melhor amigo. Eu o amo, mesmo que ele insista em me dizer: "Tudo bem se eu comprar pasta de dentes para você, como presente de aniversário?".

CAPÍTULO TRÊS

A vó é parruda, eu e a dadaísta sozinha? Como vêem, a vida da gata, o mundo era-ficção? Sem um "importantes" com todas as presentes pessoas-veneno...

Aí a Chonga era uma pitch-es ao travesseiro, perfeitamente, essa é um único-velhot polegal. Eu o desapareceu que ele voltitudes mas dizem "Todo ban, já as compris, para da dedra aqueles, que presente de uma reunir."